U0112172

大 师 手 稿 与 速 写

The Masters' Manuscripts and Sketches

罗　丹

水彩速写手稿

蔡国胜/主编　　罗丹/绘画

CMS | 湖南美术出版社

全 国 百 佳 图 书 出 版 单 位

· 长沙 ·

图书在版编目（CIP）数据

罗丹水彩速写手稿 ／ 蔡国胜主编. —— 长沙 ：湖南美
术出版社，2023.5
（大师手稿与速写）
ISBN 978-7-5746-0071-3

Ⅰ．①罗… Ⅱ．①蔡… Ⅲ．①水彩画－作品集－法国
－现代 Ⅳ．①J235

中国国家版本馆CIP数据核字（2023）第056027号

罗丹水彩速写手稿

LUODAN SHUICAI SUXIE SHOUGAO

出 版 人：黄　啸

主　　编：蔡国胜

绘　　画：罗　丹

责任编辑：赵燕军

责任校对：谭　卉　徐　盾

出版发行：湖南美术出版社（长沙市东二环一段622号）

经　　销：湖南省新华书店

制　　作：嘉伟文化

印　　刷：广西昭泰子隆彩印有限责任公司

开　　本：889mm×1194mm　1/8

印　　张：5

版　　次：2023年5月第1版

印　　次：2023年5月第1次印刷

定　　价：78.00元

邮购联系：0731-84787105　邮编：410016
电子邮箱：market@arts-press.com
如有倒装、破损、少页等印装质量问题，请与印刷厂联系调换。
联系电话：0771-3142324

只满足于形似到乱真，拘泥于无足道的细节表现的画家，将永远不能成为大师。

　　所谓大师，就是这样的人，他们用自己的眼睛去看别人看过的东西，在别人司空见惯的东西上，能够发现出美来。

　　这个世界不是缺少美，而是缺少发现美的眼睛。

——奥古斯特·罗丹

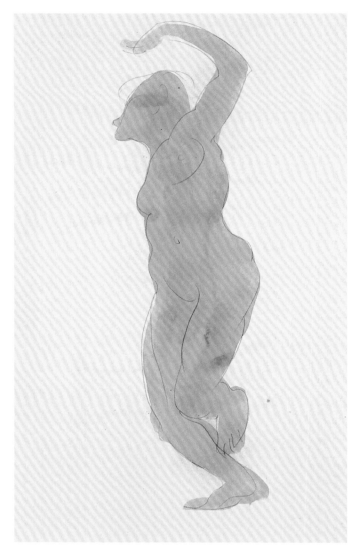

《后台舞者》 14.5cm×11cm 纸上水彩和铅笔 1906 年

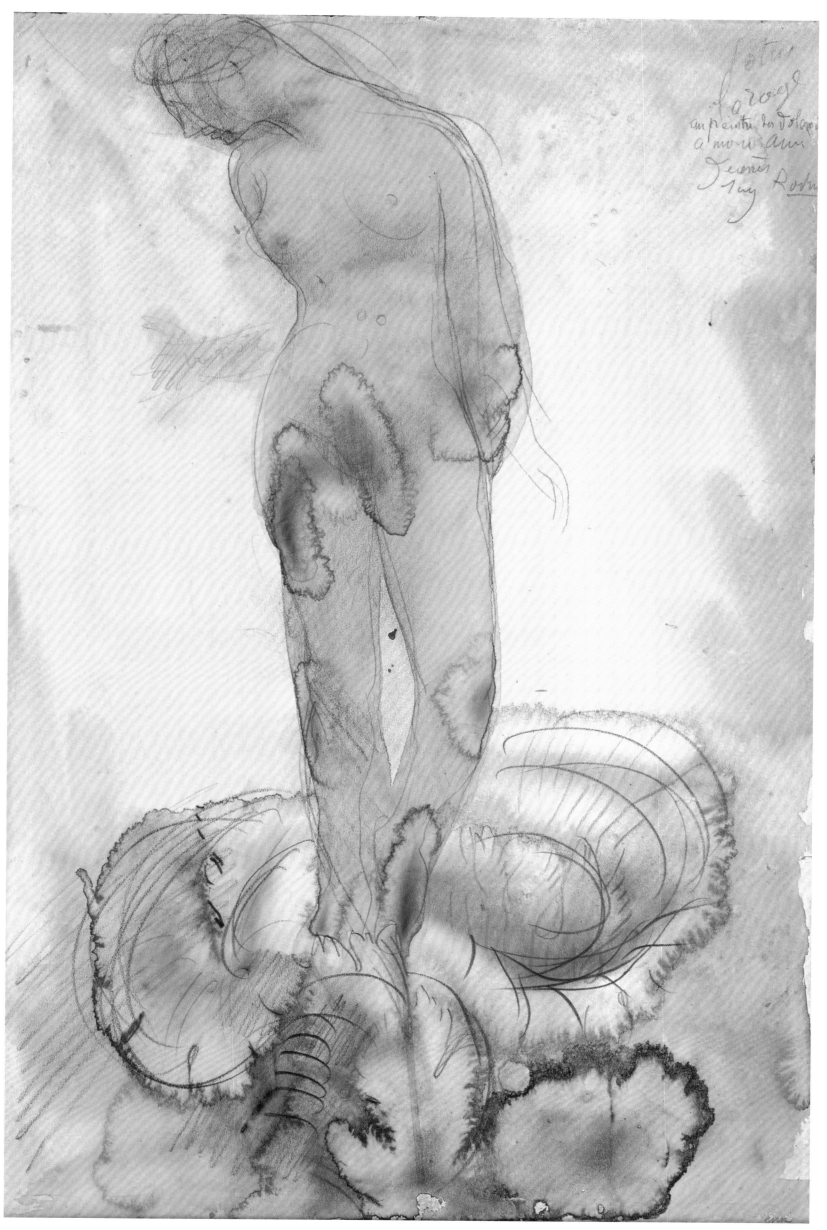

《风暴中的莲花》 尺寸不详 纸上水彩和铅笔 1900年

《丹瑟斯·坎伯吉恩》　31cm×20cm　纸上水彩和铅笔　1906 年

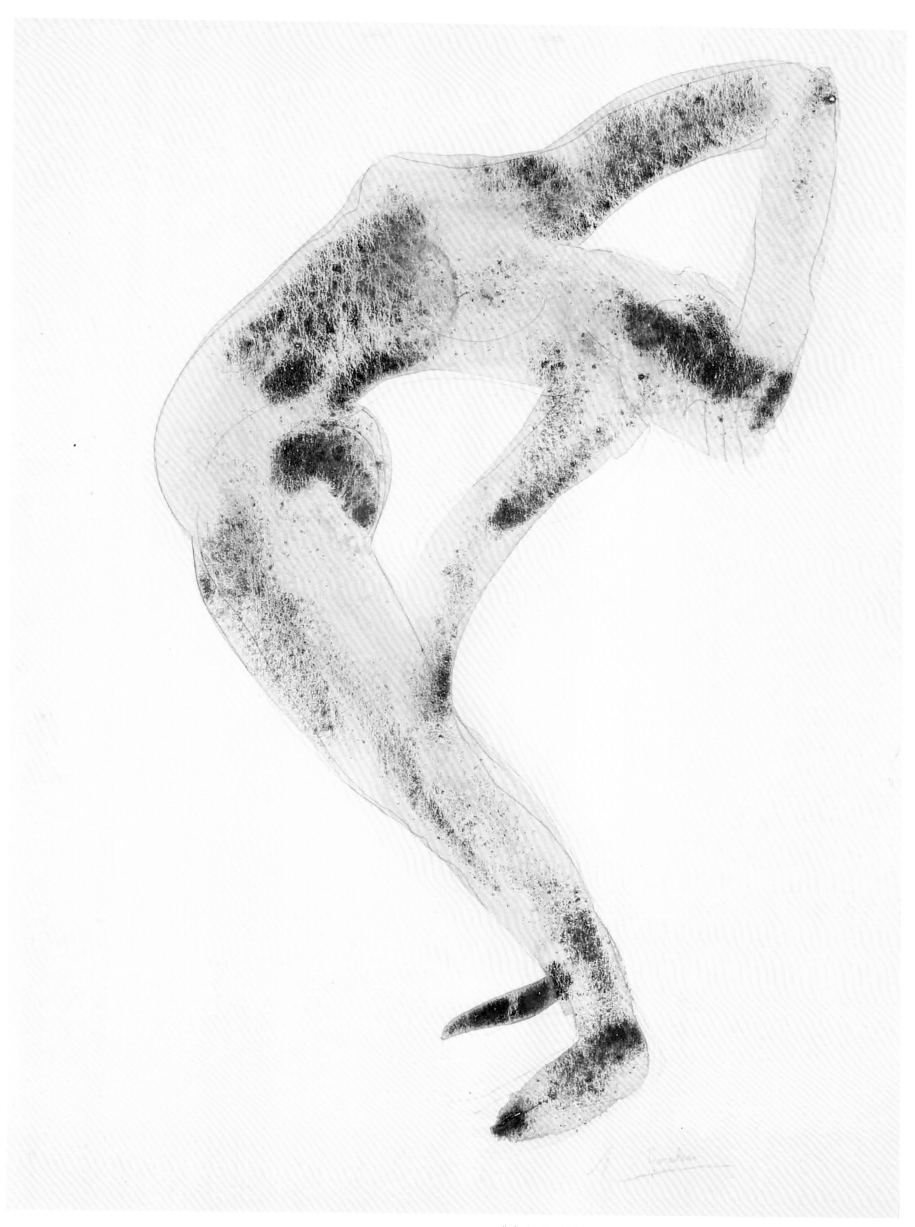

《杂技舞者》 32.6cm×23.6cm 纸上水彩和铅笔 1910 年

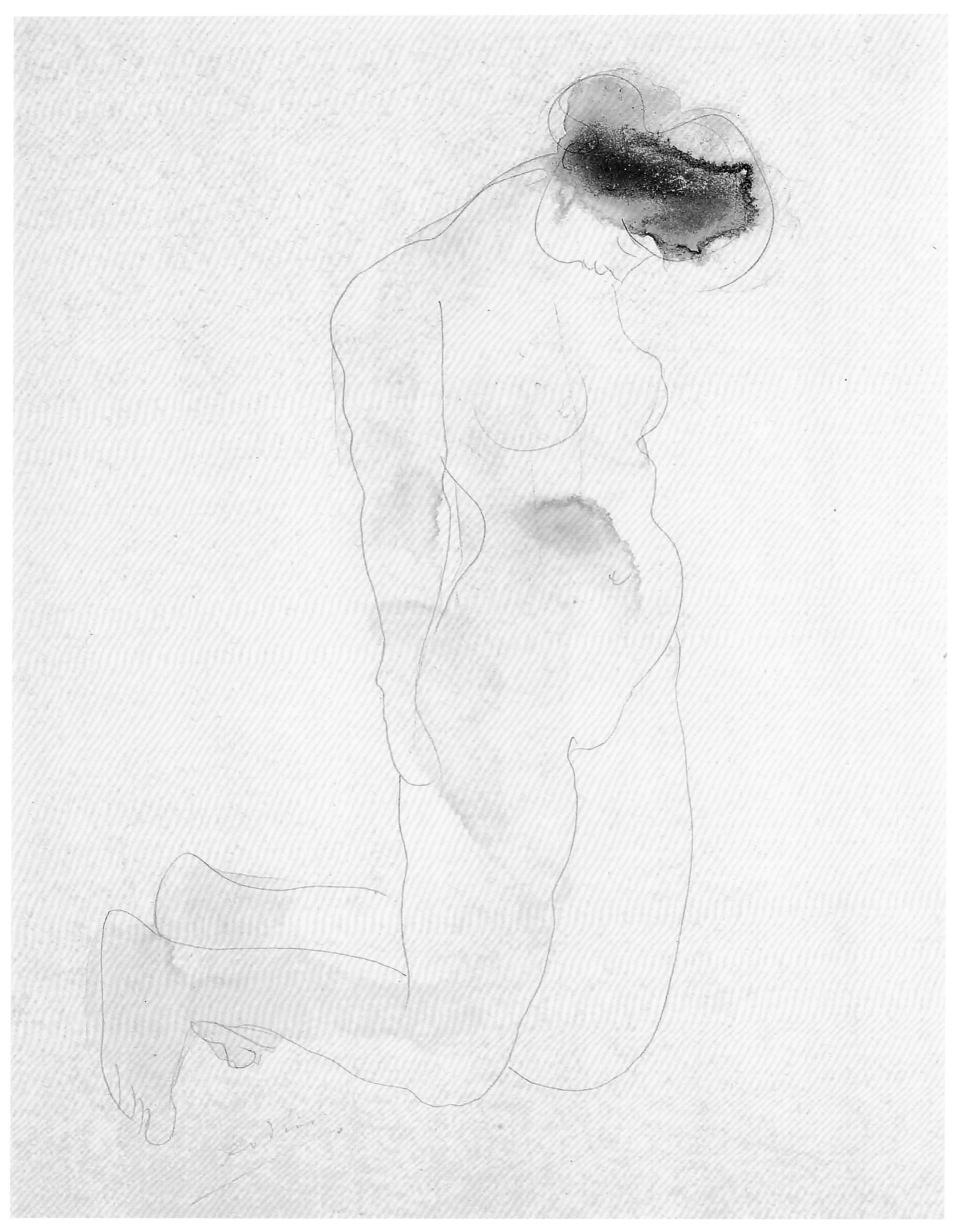

《跪姿女人体》 33cm×24.7cm 纸上水彩和铅笔 年代不详

《跪姿侧面女人体》　尺寸不详　纸上水彩和铅笔　年代不详

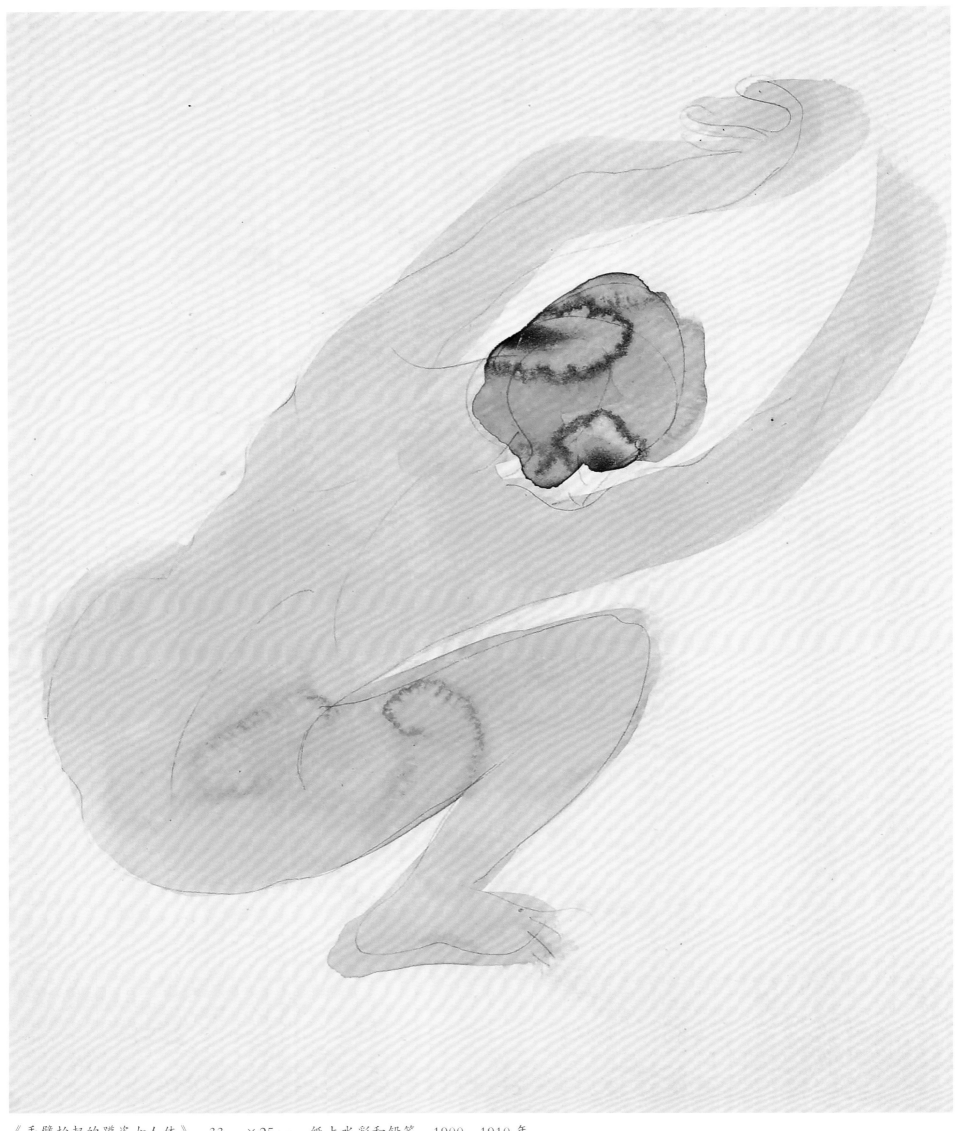

《手臂抬起的蹲姿女人体》 33cm×25cm 纸上水彩和铅笔 1900—1910 年

《双手撑头的坐姿女人体》　尺寸不详　纸上水彩和铅笔　年代不详

《屈膝状的女裸体》　32.6cm×24.7cm　纸上水彩和铅笔　1900—1910 年

《女裸体，背面》 32.7cm×25cm 纸上水彩和铅笔 1900—1910 年

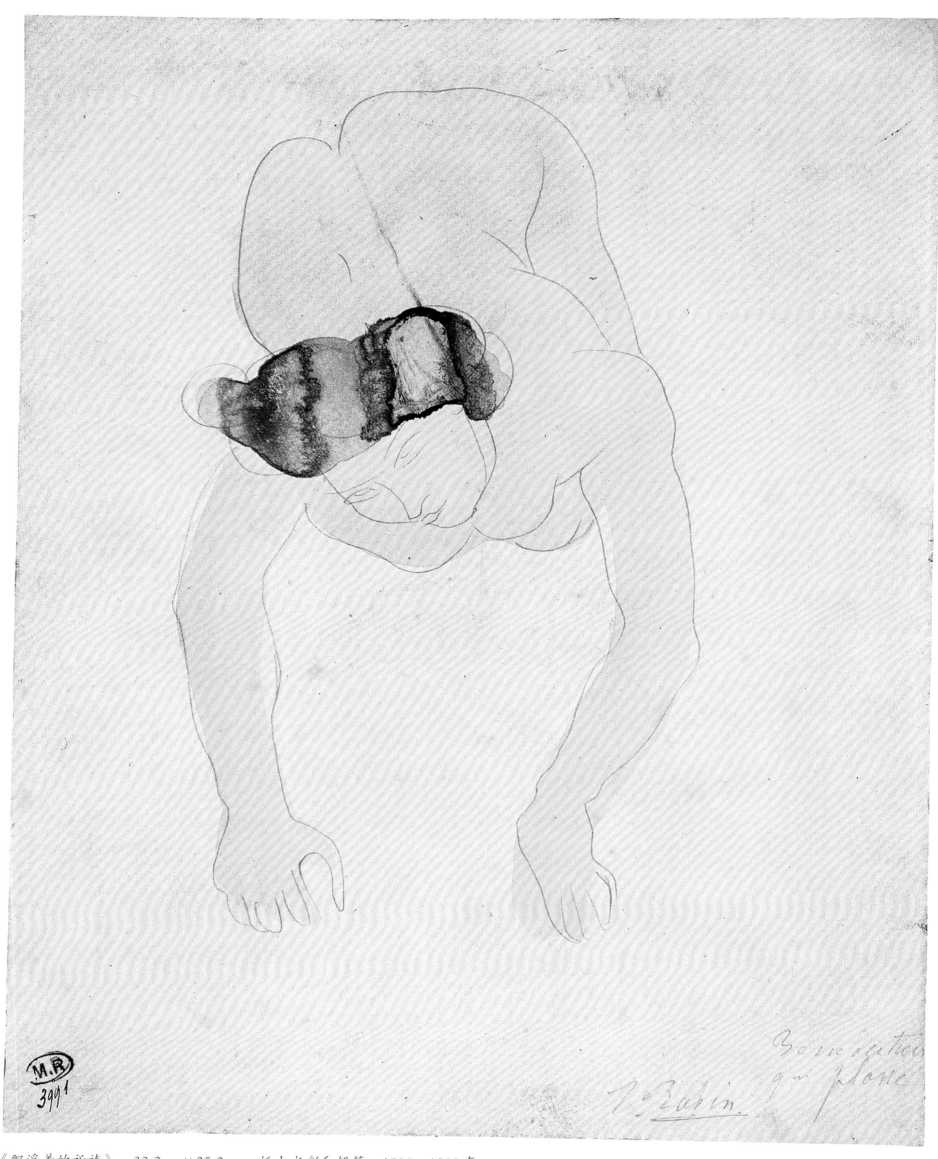

《飘浮着的祈祷》　32.2cm×25.2cm　纸上水彩和铅笔　1900—1910 年

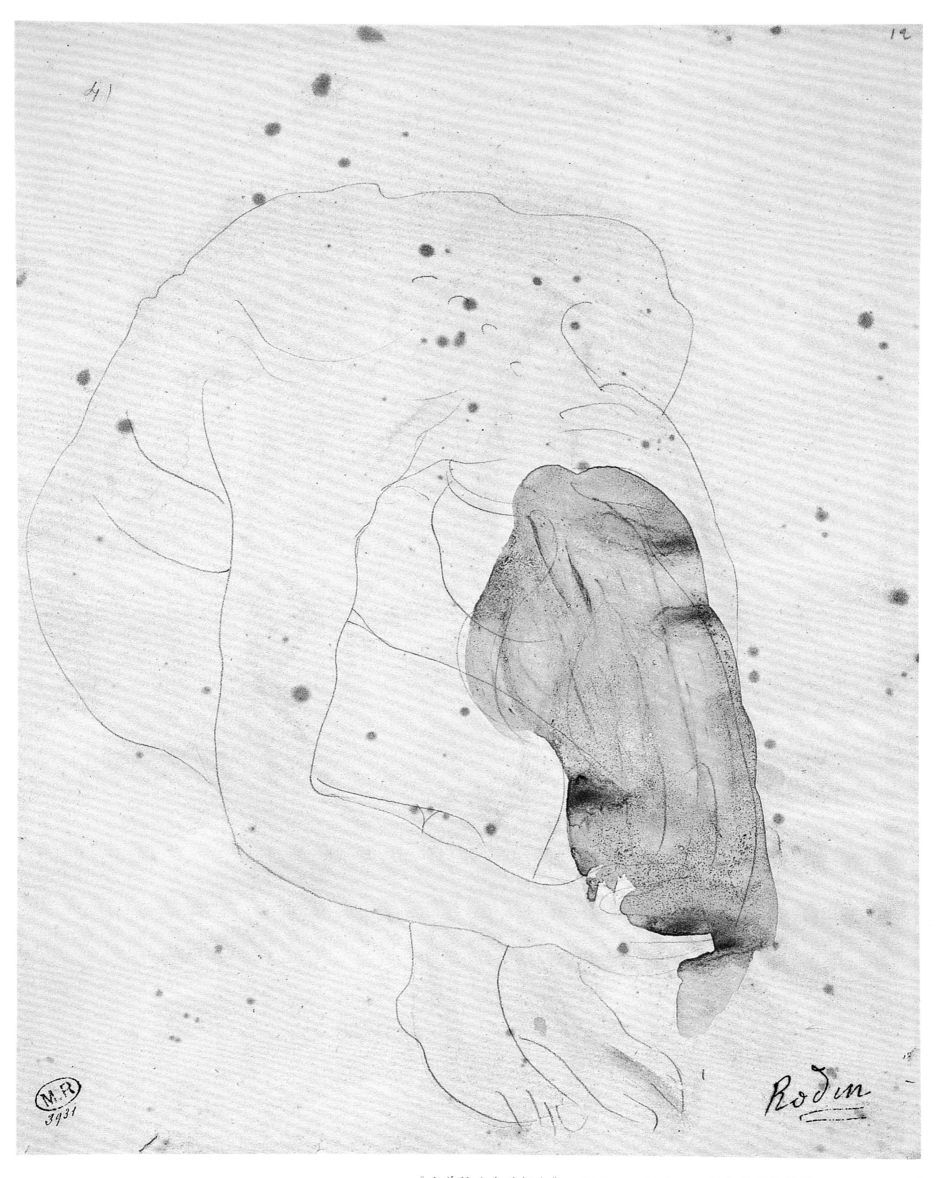

《坐着梳头发的裸女》　32.3cm×24.8cm　纸上水彩和铅笔　1900—1910年

《绽放》　48cm×30.6cm　纸上水彩和铅笔　1900—1910 年

《披衣行走的女人》　32.5cm×25cm　纸上水彩和铅笔　1900—1910 年

《日出》　48.4cm×31.8cm　纸上水彩和铅笔　1900—1910 年

《站姿女人体》 49.6cm×32.5cm 纸上水彩和铅笔 1900—1910 年

《四肢着地的女裸体》　32.4cm×25cm　纸上水彩和铅笔　1900—1910 年

《抬腿卧姿的女性背面》　32.5cm×25cm　纸上水彩和铅笔　1900—1910年

《海水中的女人》 32.5cm×50.2cm 纸上水彩和铅笔 1902 年

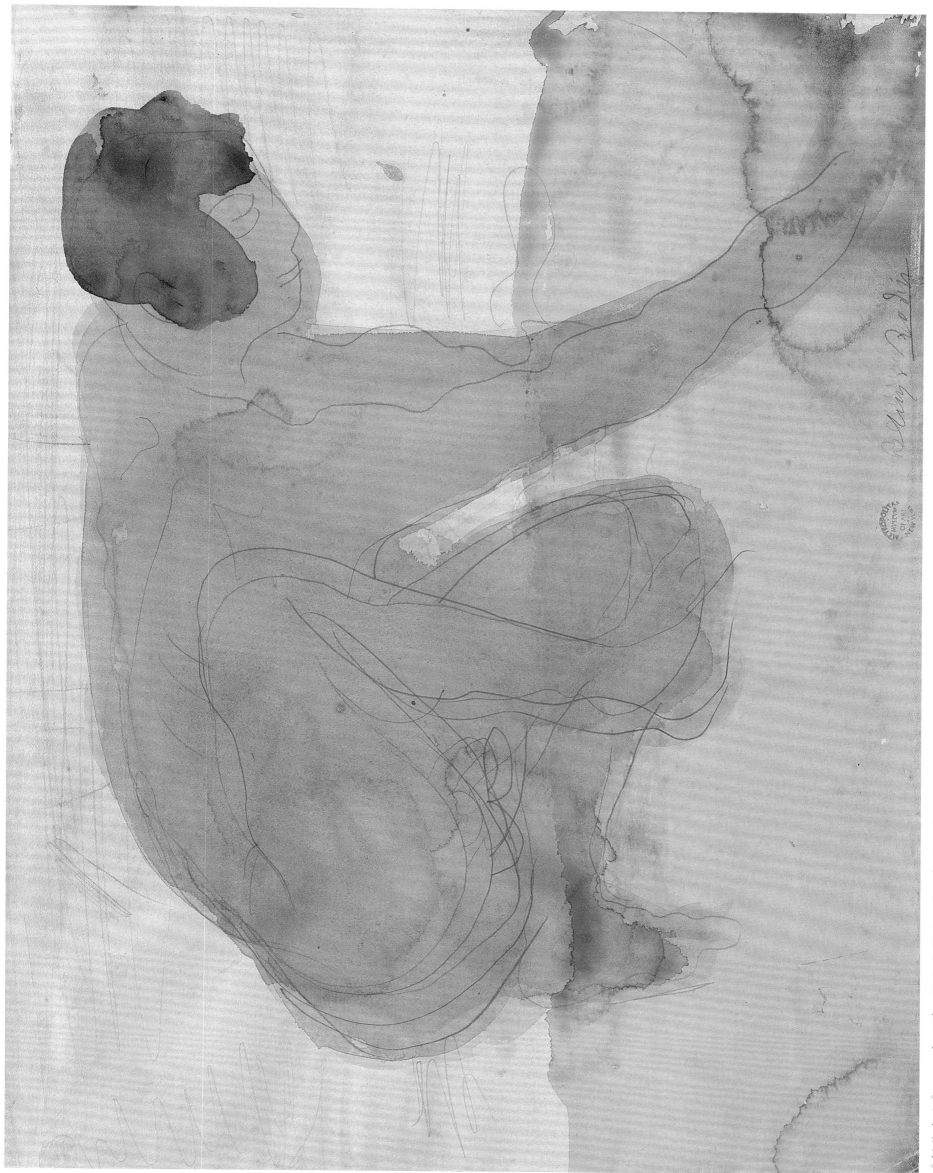

《裸体女人》 尺寸不详 纸上水彩和铅笔 年代不详

《侧躺的着衣女人》 25cm×32.2cm 纸上水彩和铅笔 1900—1910 年

《举起手臂劈叉的女人》 25cm×32.8cm 纸上水彩和铅笔 1900—1910 年

66)

Prisonnière de Vénus

《跪姿女人体》 24.7cm×33cm 纸上水彩和铅笔 1900—1910 年

M.R
4535

《躺着的女人》 25cm×33cm 纸上水彩和铅笔 1900—1910 年

《半斜躺的女人体》 25cm×32cm 纸上水彩和铅笔 1900—1910 年

《Bilitis》 24.9cm×32.4cm 纸上水彩和铅笔 1900—1910 年

《提裙到腰上的女人》　32.6cm×25.2cm　纸上水彩和铅笔　1900—1910 年

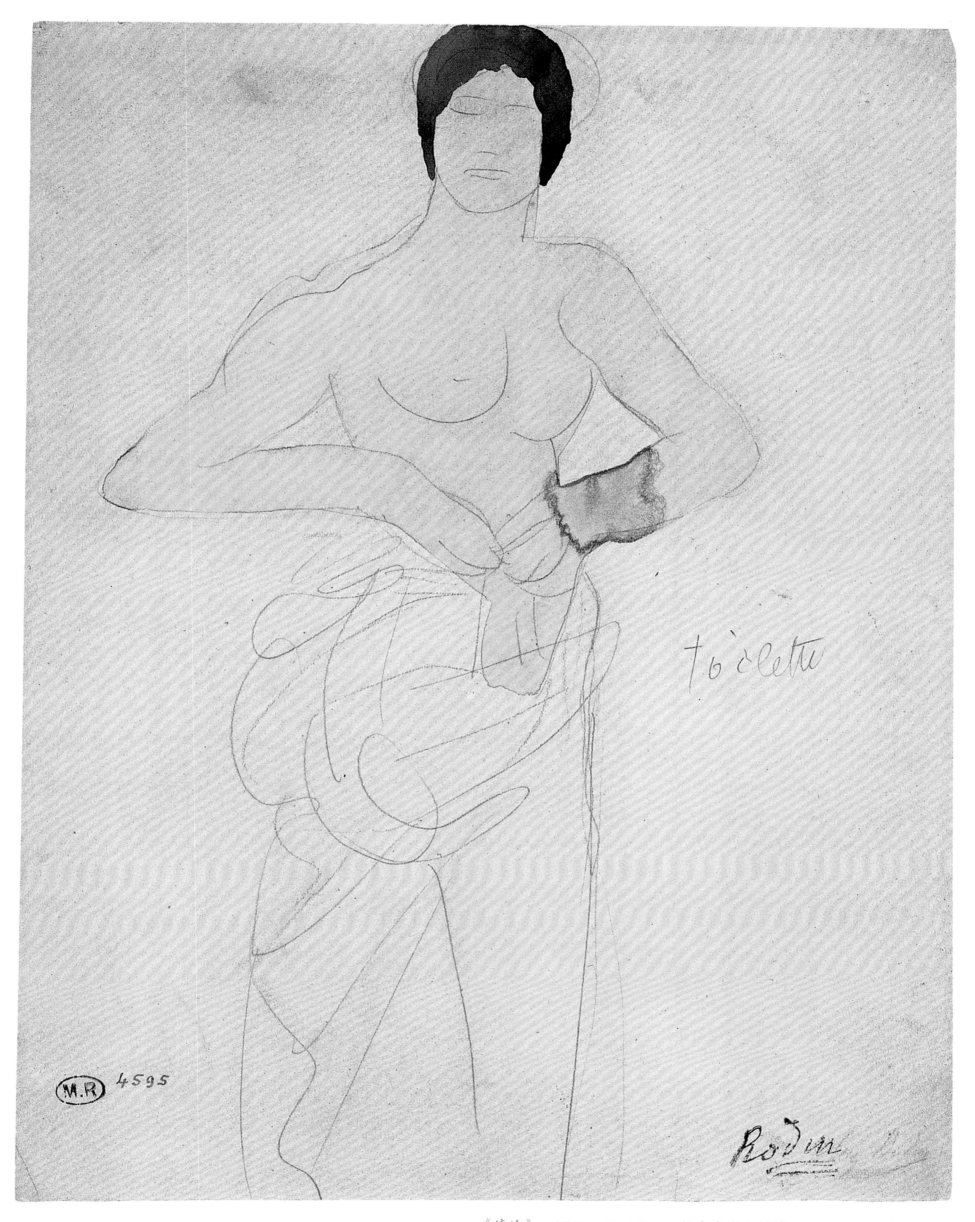

《清洗》　32.6cm×24.7cm　纸上水彩和铅笔　1900—1910 年

《手拿衣服的站姿女裸体》   32.5cm×25cm   纸上水彩和铅笔   1900—1910 年

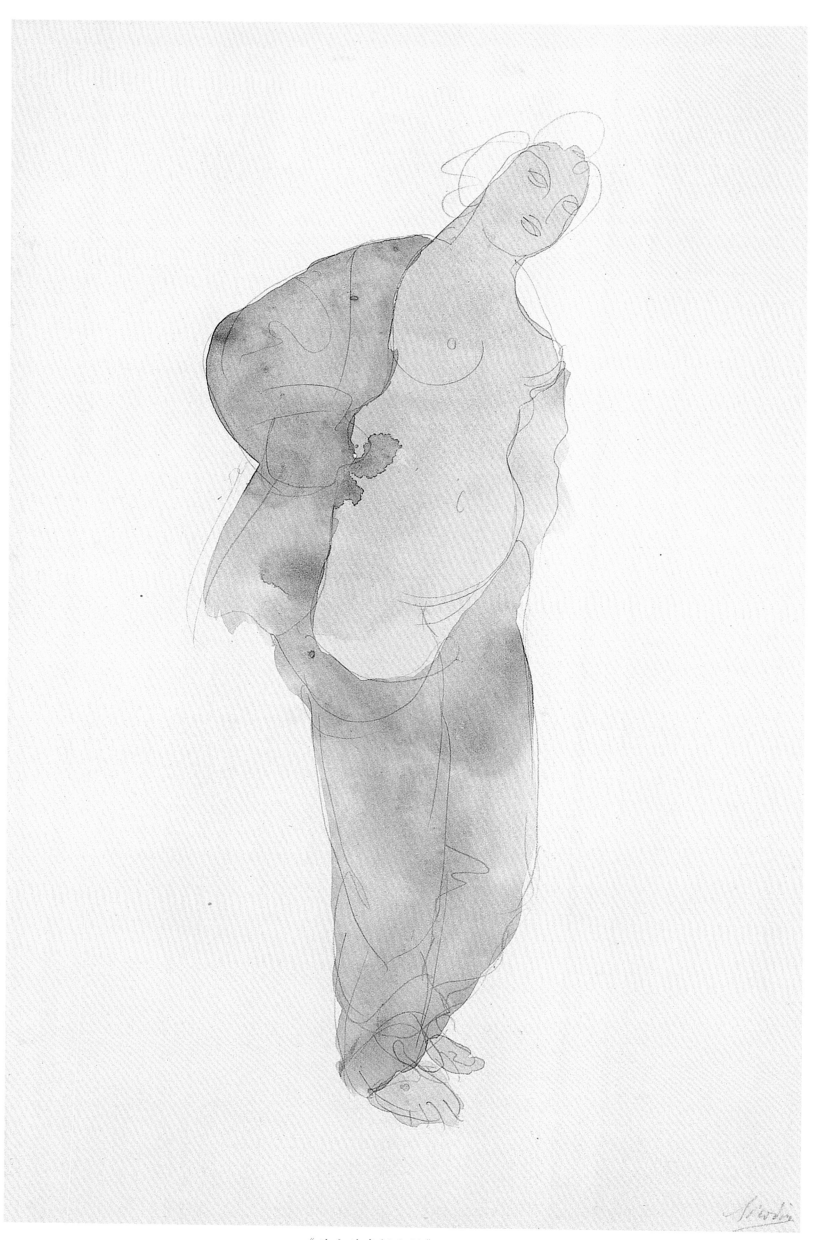

《站立的半裸女性》　48.2cm×32.3cm　纸上水彩和铅笔　1900—1910 年

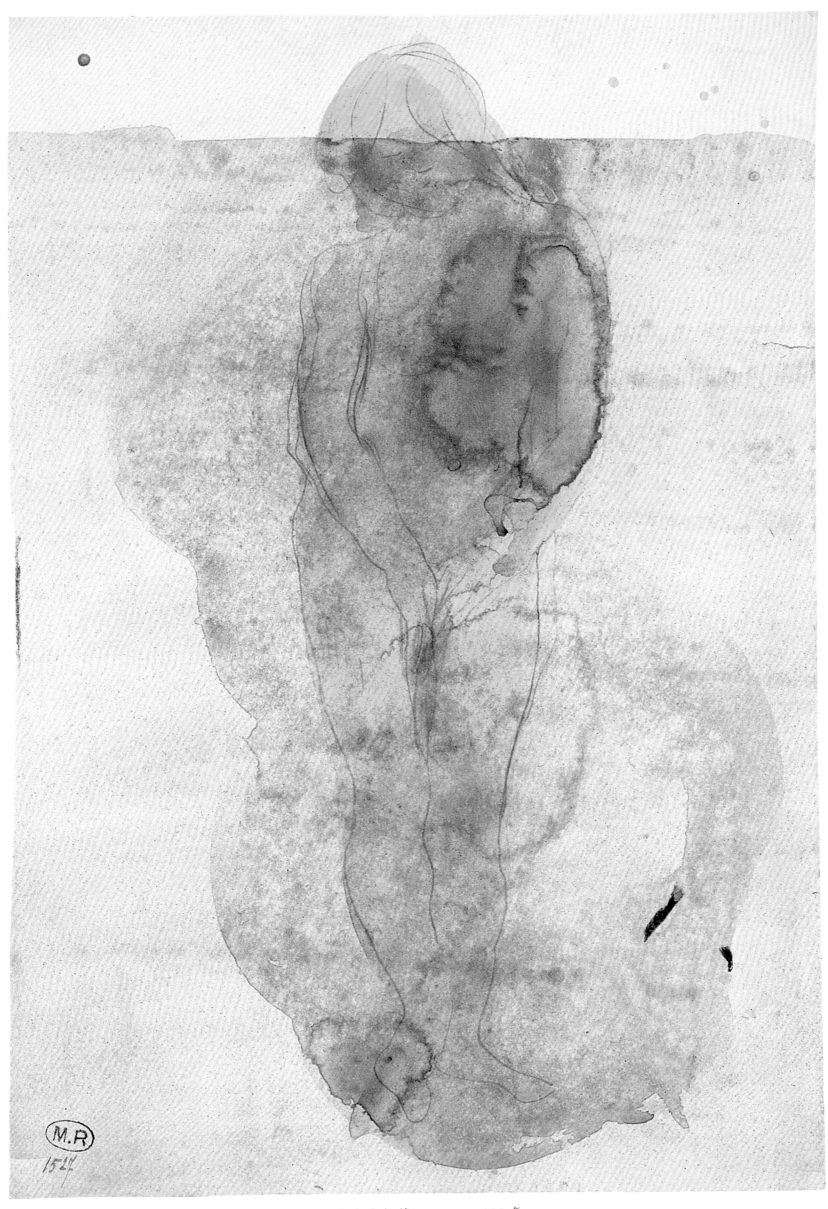

《双手在前覆盖的女裸体》 32cm×21cm 纸上水彩和铅笔 1900—1910 年

《守护天使》　32.5cm×25cm　纸上水彩和铅笔　1900—1910年

《举起手臂的坐姿女裸体》　32.8cm×25.2cm　纸上水彩和铅笔　1900—1910 年

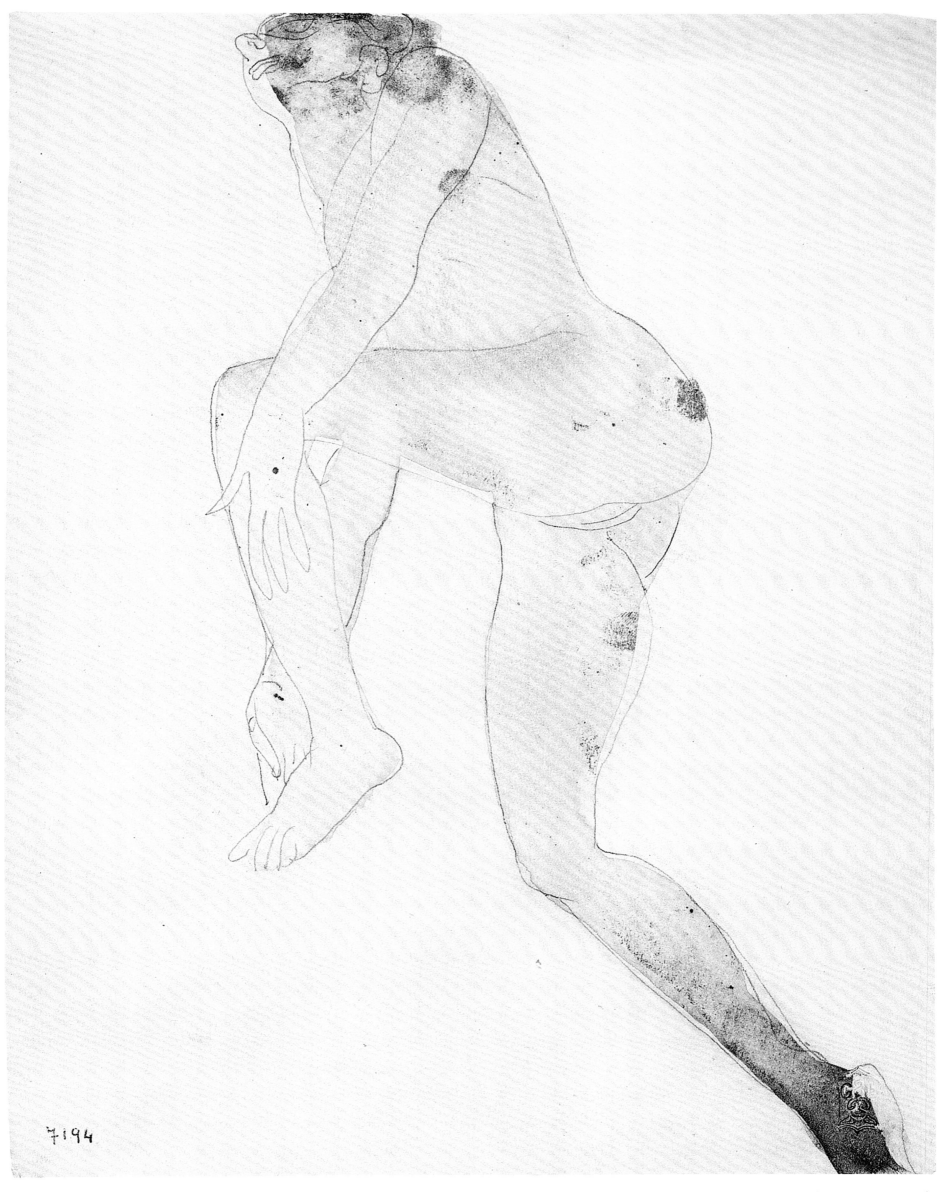

7194

《单腿跪着的女性侧面》　32.7cm×25cm　纸上水彩和铅笔　1900—1910年

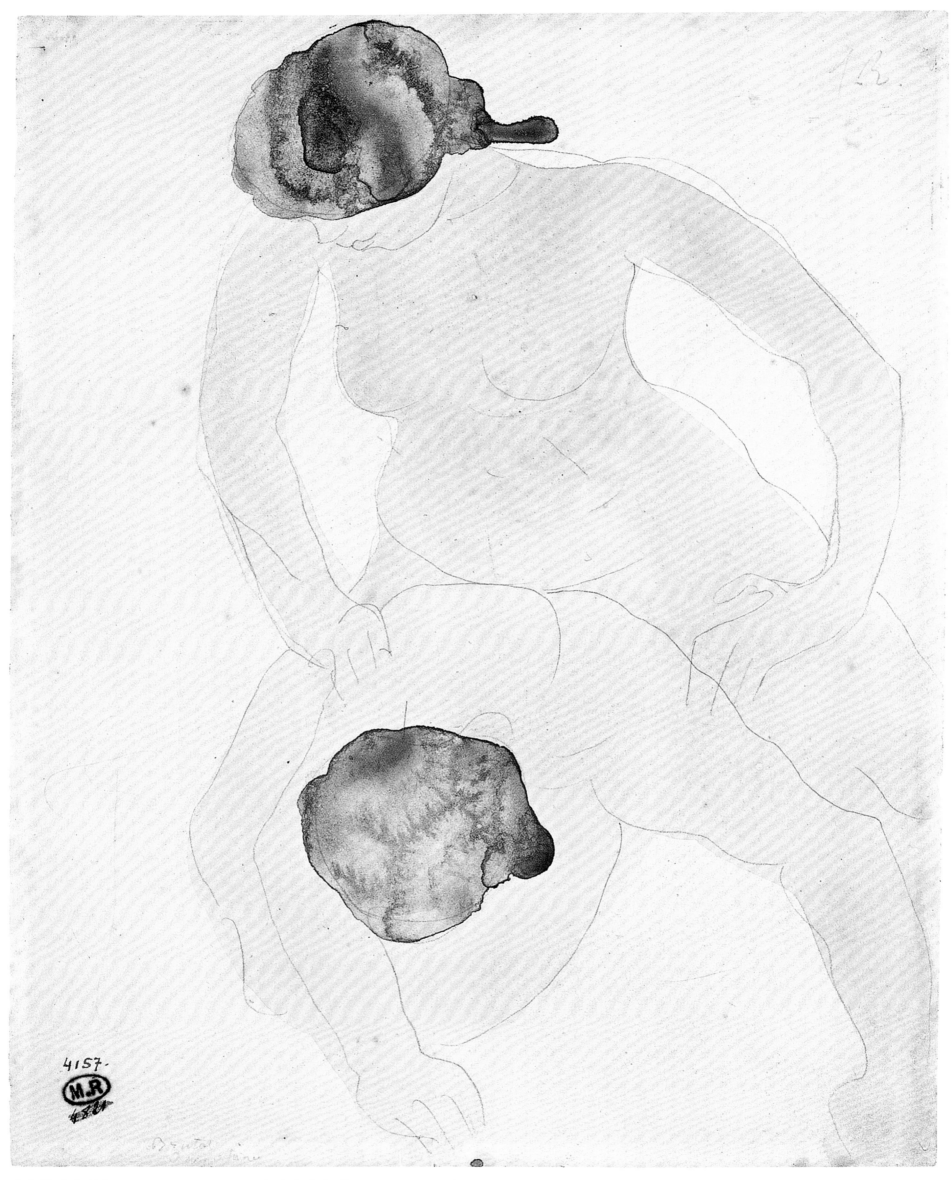

《残暴的专制》　32.5cm×25cm　纸上水彩和铅笔　1900—1910 年

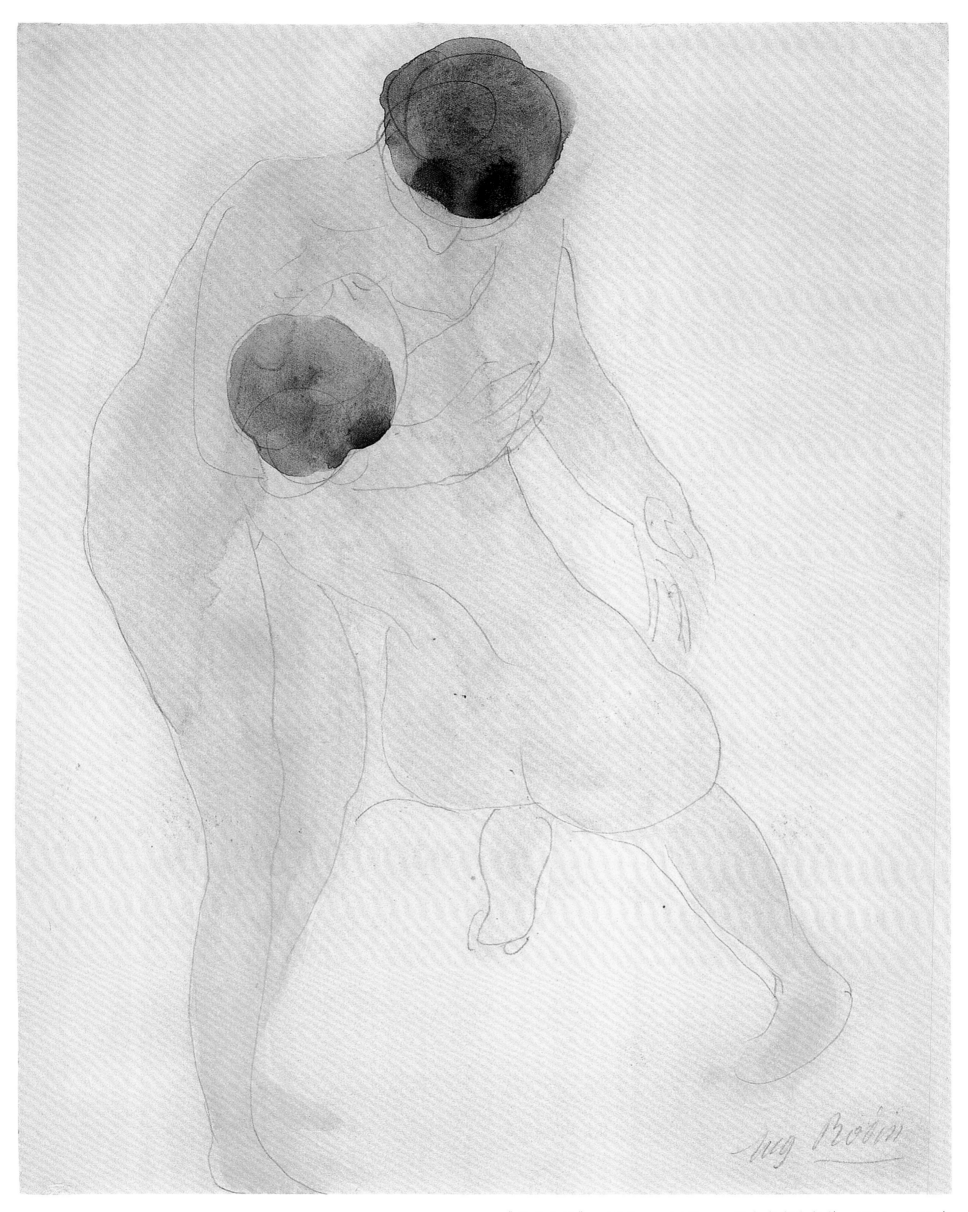

《两名女性》　32.5cm×24.7cm　纸上水彩和铅笔　1900—1910 年

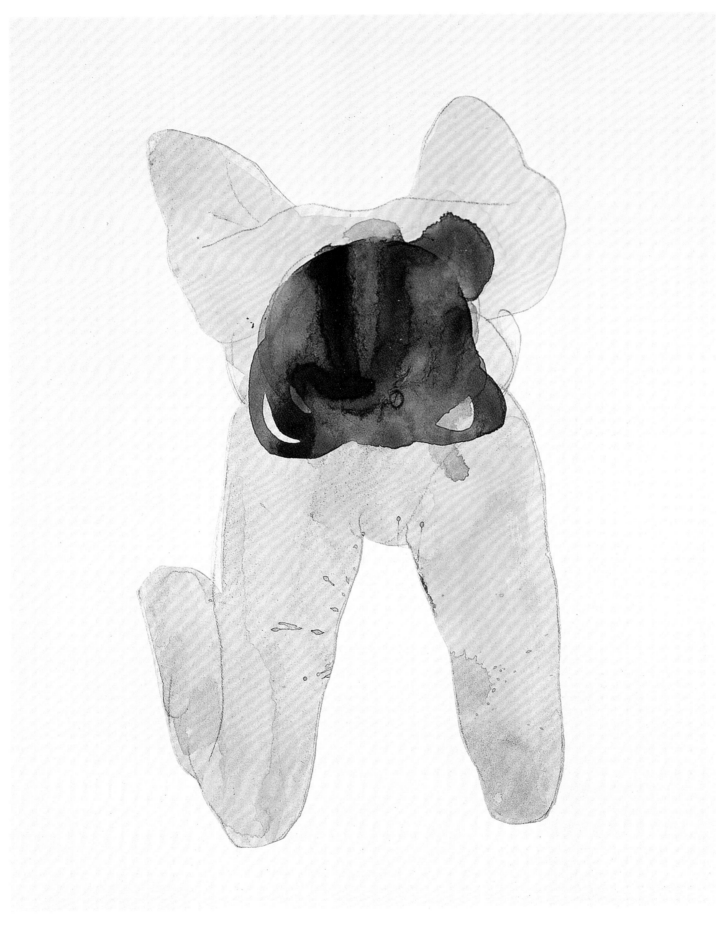

《跪姿女裸体》 25cm×14cm 纸上水彩和铅笔 1900—1910 年